내가 나를 부를 때마다

강경애 시집

시원
도서출판 L

기다린다, 그를
내 두개골 깨우고
내 내면을 전율시키고
뼈 마디마디 들쑤시고
가슴에 비수를 들이 댈
그를 기다린다

긴 기다림 끝에
그의 그림자 어렴풋이 나타날 때면
두근대는 가슴 부여잡고 다정히 손 내밀며
고통처럼 그를 받아 안는다

매양 올 때마다 마음을 뒤집어 놓지만
잊을 수도, 버릴 수도, 떠날 수도 없는 그를
보내고 또 기다린다, 어제도 오늘도 또 내일도
기다리는 그는
희망이고 절망이고 생명인 한 편의 시다.

2019년 봄
강 경 애

• 차 례 •

• 차례 •

제3부 / 새, 구름을 가르다

제4부 / 은유를 그리다

제 1 부

내가 나를 부를 때마다

가끔 내릴 역을 지나쳐 낯선 곳으로 향한다

차만 타면 가끔 다른 생각에 빠져 내릴 역을 지나쳐 낯선 곳으로 향한다

여기는 어디쯤일까?
알 수 없는 거리를 무심코 내다보며
여행지의 어느 낯선 거리가 아닐까 연상하기도 하고
행복의 도시 곰스크로 가는 특급 열차를 탄 듯
나는 알 수 없는 기대감에 마냥 달려도 내릴 생각이 없다

가도 가도 곰스크라는 표지판은 보이지 않고
열차는 제 의지대로 달려
전생의 어느 역인 듯 알 수 없는 곳을 스쳐 지나간다

낯선 곳은 낯설어서 더 정이 가고
익숙한 곳도 처음 본 듯 낯선 것은
어떤 사연이 쌓이고 쌓인 탓인가

이야기로 풀어낼 지면도 없건만
차만 타면 가끔 내릴 역을 지나쳐 낯선 곳으로 가는 때가 있다.

가면

책상 벽 위에 가면 하나 걸려있다
날카로운 콧선, 오선지로 감싼 야비한 눈매
냉기가 흐르는 서늘한 안면, 섬뜩하다

독하게 보이는 가면 하나 쓰고 싶어
베니스 산타마리아 광장을 몇 바퀴 돌았다
가면으로 나를 감추고 살면
버거운 생이 덜어 지려나
세상의 아수라장 속에서
난 나를 버리지 못하고
억지 가면 쓰고 어설픈 생을 위한
진혼곡을 연주하고 싶다.

거미

커다란 거미 한 마리 집안 곳곳을 스캔하고 있다
허공도 아닌데 긴 실타래로 길 만들며 숨을 곳 찾
느라 여념이 없다
창문 밖 문틀 사이에 이십여 칸 짜리 집 지어 놓고도
무슨 연유로 겁 없이 망을 헤집고 들어온 것인가
나는 손바닥 펴 들고 내리치려다가
줄을 타고 어느 건물 벽에 납작 붙어 있던 한 사내를
떠올린다
그는 유리 닦다말고 안쪽을 바라보며 일손을 멈추었다
누군가를 본 것인지, 그 안의 삶이 부러운 것인지
바람이 불 때마다 흔들거리는 가느다란 줄에 매달려
거미줄에 걸려든 곤충처럼 전혀 움직이지 않았다
사내는 공중에 매달린 채 그대로 생을 접으려 한 것인가

거미는 집안으로 들어와 허공의 생을 피하려 할 뿐
자기가 내쏜 실타래로 목을 감지 않는다.

경계를 넘다

눈앞의 한 남자의 몸에서 갑자기 무수한 입자 덩어리 쏟아진다 이내 등 굽히고 죽은 듯 앉아 있는 그 옆의 사내 몸속으로 안개 스미듯 들어간다

혼이 빠져 나간 남자 홀연히 연기처럼 흩어지고 등 굽힌 사내는 서서히 몸을 일으키더니 훌쩍 어디론가 가버린다

유체 이탈 놀음을, 혼의 드나듦을 선연히 눈앞에서 보는 나는 살았는가, 빈사 상태인가

나는 시야를 가리는 어스름 속에 홀로 앉아 이승과 저승의 경계를 알 수 없는 시간 속에서 혼돈의 늪을 건너고 있다.

천자산 골짜기에 나를 두고 오다

어필봉*이 눈 아래 보이는 천자산 꼭대기로 올라가니
3천여 개나 된다는 돌기둥 봉우리들이 첩첩 구름
아래 섬처럼 떠 있다
배를 타고 갈 수도 없어 꿈인가하고 눈에라도
한가득 담아 두려는데 낯선 어린 사진사가 재빠르게
나를 렌즈에 담았다
그 소년 어느 틈에 놀란 얼굴만 담긴 그 사진을
열쇠고리로 만들어 천원, 천원을 외치며 내 옷자락
잡고 따라 붙는다
천혜의 자연에 놀라고 약삭빠른 상혼에 놀라
인솔자가 끄는 대로 손사래 치며 도망치듯 내려오는데
큰 눈망울 그 아이는 내 뒤를 쫓다 말고 발걸음 멈
추고 고개 돌린다

인화된 모습으로 열쇠고리에 매달린 나는
천길 골짜기 그 어디에서 나를 찾아다니며 울고
있지 않을까
하늘 가까이 솟아있는 기암절벽의 낮은 소나무
가지에 걸려 내치고 도망간 의붓 엄마 찾듯 원망하고
있지 않을까

천원이면 나를 살 수 있는 그 곳,
천원이면 내가 팔릴 수도 있는 그 곳

무릉원의 천대서해**에 나를 두고 떠나온 뒤로 꿈
마다 골짜기 헤매고 다닌다
다음 생을 위해.

*어필봉: 전쟁에서 진 황제가 하늘의 천제를 향해 붓을 던진
        것이 땅에 꽂혀 만들어진 봉우리.
**천대서해: 황제를 호위하는 천군만마의 기세로 솟은 봉우리가
          운무에 휩싸이면서 바위숲이 바다를 이룬다고 해서
          붙여진 이름.

그는 그 곳에 있었다

덧없는 시간 보내고
언젠가 서신교환으로 인연 맺었던
영국에 있는 그와의 약속 지키기 위해
반평생 돌아 그를 찾으러 나는 떠났다

두께를 더해가는 세월아,
어디로라도! 어디로라도! 이 세상 바깥이기만 하다면!*

빛바랜 시간은 퇴적층에 파묻혔지만
그와의 약속은 유효했다
그로 인해 품어 안은 그 나라 풍경은
따뜻하고 꿈속처럼 아늑했다
도착 때부터 내 곁에 머물며 곳곳마다 안내 해주던 그는
오랜 소망이었다
나를 살게 하던 그와의 보랏빛 기억들
기억은 순간을 영원하게 하고 미래를 예시하는 문지기다

이제 지난 과거에서 그를 놔주려고 템스강가로 간다
약속을 지켰기에 미련없이 떠나보내기 위해서다

비바람이 몹시 불어 강물이 흔들리는

그 강 언덕에 서서
나는 기억의 두께를 걷어내고 말없이 그를 떠나보냈다.

* 보들레르

길에서 길을 잃다*

돌산 가파른 계곡마다 실팍한 석불들이
성근 가랑비에 몸을 적시고 있다
속세에서 길을 잃고 떠돌던 그가
마음 길 찾아 들어 온 금오산
소나무, 잣나무에게서 빌려 온 차밭을 가꾸고
밤이면 대숲에 부는 바람 소리 들으며
굴원의 초사를 읊으면서 세월을 묶었다
그가 마음을 풀었던 흔적을 찾으며
산 중턱에 세워진 금오산 팻말 따라 나는 걷는다
그는 보이지 않고
무성한 나무와 돌들만 발밑을 채우는데
낭창낭창 늘어져 있는 설잠의 다리
어설픈 몸짓으로 마주 오는
저 낯선 사내는 누구인가
돌연, 길 잃은 나는
그에게 속세로 나가는 길을 물으니
대답은 간 곳 없고
무성한 숲속에서
시 읊는 소리만 유유하게 들려온다.

* 경주 금오산에서

내가 나를 부를 때마다

아직도 나는 나를 모른다
너무 모르는 그 어리석음에 놀랄 때가 많다

이름 석 자는
누군가에게 그리움이 되어 애타게 불리는 것보다
허물이 있을 때 내게 불리는 일이 빈번하다
아는 일에서도 번번이 실수를 하고
여러 번 가 본 길도 헤매다가 끝내 시간을 놓치고
할 말도 제 순서를 잃고 오리무중이기가 십상이니
엉킨 실타래 다시 감아 놓듯
나는 스스로 이름을 부르며 정신에 죽비를 친다

무슨 이름이어서
이름 임자에게 이다지도 구박덩이가 되는 것인지
하루에도 수 없이 불려지며
벌 서고 후회하다가 애써 위로한다

내가 나를 부를 때마다
언제쯤 내게 와 꽃이 되려는가.

도도새는 날지 않는다

잘 날고 싶었다
작은 두 날개 활짝 펴 어디든 날아가고 싶었다
타고난 욕망을 날개에 얹어 세상 끝까지 날아보려고
가녀린 다리와 온몸에 힘을 주었다
불길을 향해 직진하는 불나방이 아닌
태양을 향해 돌진하는 어리석은 이카루스가 아닌
그저 가슴 가득한 불길을 소진하고 싶었다
그 욕심 너무 과한 듯
세상은 내게서 날개를 하나씩 하나씩 소리 없이
떼어냈다

어리석어 날개를 버린, 날지 못하는 도도새*
헛똑똑이 바보 새는 이리 먹히고 저리 채이다가
하루를 열흘처럼
열흘을 한 달처럼
한 달을 일년처럼
자기가 새라는 것도, 날고 싶다는 욕망도 잊고 살다가
그렇게 어리석게 살다가

깊고 먼 섬에 살았다는 이름만 남기고 화석이 되듯
그렇게 나도 전설이 되었다.

* 도도새 : 포르투갈의 모리셔스 섬에 있던 새.

       '어리석다'라는 의미.

도플갱어

누군가 나를 쳐다보고 있나 무심코 창 밖을 내다보니
검은 연기처럼 짙은 음영 속에 낯 익은 누군가 거
기 있었다

나를 닮은 듯 닮지 않은, 닮지 않은 듯 닮은 그녀는
집안의 나를 창 밖에서 주시하고 있었다

언젠가부터 내 뒤에서 들려오던 발자국 소리는
그녀 것이던가
뒤돌아보아도 보이지 않던 내가 거기 있었다

그러나 마주 손 잡으려 내가 몸 일으키니
순간 이동하는 타임머신처럼 모습을 감춰버렸다
내 앞에 실체 없는 실루엣만 아른거릴 뿐

꿈이련가 환상이련가
나를 만나러 천년 전의 내가 어둔 밤에 그렇게 왔다
갔다.

섬

어둠이 내리면 조상彫像처럼 너는,
검푸른 물속에 하반신을 담그고
제자리에서 한 발자국도 물러서지 않는다
슬픔을 머금은 너의 모습은
알 듯 모를 듯 웃지도 울지도 못하는,
25시의 요한 모리츠가 되기도 하고
언젠가 본, 서귀포 도로 한가운데에
생뚱맞게 서 있던 돌하르방처럼 처연하다
어떤 고통도 침묵으로 대신하는 너의 아픔이
그대로 녹아 푸르디푸른
바다의 색깔이 되었나

조우의 반가움이 아직 내 안에 그득한데
등 뒤에 두고 온 너,
내가 나를 버린 듯 허전하다.

백야

한때는 만 리도 지척인 듯 달려와
긴 긴 밤 등허리 받쳐 주며
세상에 둘도 없을 듯 굴더니
온다던 그가 오지 않는다
한 번 가버리면 되돌아오기가
그리도 어려운지
먼 발걸음 소리 들릴 때마다
가슴이 먹먹해진다

먼 듯 가까이 보이는 숲속에서
온 몸을 훤히 드러내고 있는 자작나무들도
기다림에 지친 듯 두 팔을 늘어뜨린 채 서 있고
빛바랜 태양은
충혈된 눈을 비벼댄다

기다리다 지친 나도
이제는 그를 버리고 싶다

아, 어디선가 들려오는 블라디미르 비소츠키의
절규하는 음색이 여름 하늘에 울려 퍼지니
내 심장은 이내 젖어들고 나는 두 눈마저 감긴다.

*   모스크바 등 북구 도시는, 여름에는 밤 11시가 되어야 해가 지기

시작한다. 블라디미르 비소츠키는 러시아의 시인이며 가수. 영화

'백야'에서 미하일 바리시니코프가 그의 노래에 맞춰 생의

마지막인 듯 강렬하게 춤을 춘다.

수형자

오랜 수형受刑 생활이다
스스로 오랏줄 묶고
감옥에서 벽을 마주 보고 앉아
형刑을 집행할 날만 기다리는 사형수처럼
긴장하고 눈에 심지를 돋운다
한 치의 방심도 금물이다
세월이란 상대에게 허점을 보이면
끌려다니다가 끝장을 볼 뿐이다
쉴새없이 분비되는 아드레날린을 잠재우고
천정 구석마다 CCTV 작동시키고
죽기 살기로 신경의 날을 세운다
무기 수형을 언도받은 그 날부터
카운트다운은 시작되었다
때때로 법정에 불려나가 자신의 한 일을
진술하고 스스로 변호해 보지만
검사의 논고는 서릿발 같다
나를 증언해 주는 선량한, 때로는 악덕한 증인들
그들의 세 치 혀에 내 목숨은 달렸다
그렇게 저당 잡힌 일도 없는데
나는 누군가에 의해 삶을 살아내고 있다
약 먹은 모르모토처럼.

새들도 할 말은 한다

어느 벌판이었던가, 한적한 도로이었던가
새 떼가 날아가며 내게 한마디를 툭 떨어트린다

'정신 차려, 이것아!'

내 혼이 잠시 이탈한 것인지
동족의 언어처럼 들려오던 그 따끔한 죽비소리
그림에 깊이가 없다는 평론가의 비난에
죽음을 택한 어느 화가처럼
그 말 한마디 비수가 되어 내 심장에 박힌다

전생이 새였을, 아니 후생이 새가 되려는가
허우적대며 세상을 건너는 내가 이내 못마땅해
밀어닥치는 찬 서리 피하려고 바삐 떠나는 여름 철새들이
한 수 뒤로 물러서서 세상을 바라보라 한다

어느 서지가書誌家는 땅의 미물과도 언어가 통한다고 했던가
나도 꿈속 언어의 해석가인가
경계가 모호한 행과 행을 바꾸며
새의 나라를 향해 오늘도 내 길을 뚜벅뚜벅 걷고 있다.

샐리의 법칙*

이것도 무슨 법칙이려나
하는 일마다 어찌 그리도 내게 잘 들어맞는지
늘 어긋나기만 한다
전자 제품은 골라 사오는 것마다 불량품이고
전철은 헐레벌떡 뛰어갈 때마다 이미 떠난 뒤이고
원하는 일들은 이미 다 끝나고 뒤늦은 탓에
매양 뒷북치기가 일쑤다
그래도 무탈하게 살아온 것은
샐리의 법칙이 나 모르게 일어났던 것인가
좋은 일과 나쁜 일은 번갈아 오는 법이라니
애써 위안 삼으며
머피 대신 샐리의 법칙에 기대어 본다

출근 길, 비는 멈췄는데 느닷없이 날벼락처럼
고여 있던 낙수 한 방울 내 정수리에 떨어지며
벼르고 벼른 상대를 이제사 찾았다는 듯
경쾌한 소리 내지른다
내가 선 자리가 난간 끄트머리 아래라
머리 위 올려다보니
아직도 물방울 하나가 흥겹게 흔들거린다.

* 샐리의 법칙: 우연히도 자신에게 유리한 일만 계속해서 일어
나는 것을 말한다.

아직 더 버텨 봐

어둠이 질식한 채 널브러져 있는 시간,
거실 한 쪽에서 들려오는 비행기 프로펠러 소리 따라
활주로에 들어서면
10년 된 낡은 냉장고 하나
느닷없이 짐 챙겨 먼 길 떠나는 중년여인 발걸음 맞춰
모터 소리 당당하게 시동을 건다

반쯤 잠에 취한 나는
규칙적인 진동 리듬에 실려
매일 밤마다 이정표 없는 길을 떠나
전혀 생소한 바다에 표류하기도 하고
전쟁의 포화 속에서 길을 잃고
내 전생이었을 낯익은, 그러나 희미한 기억 속
한 여인을 만나기도 한다

어느새
안개 속을 헤매던 어둠이 의식을 회복하고
물빛 옷을 갈아입으면
비행기는 날개 접고 소리마저 삼키고
어김없이 제 자리에 돌아와 있다

매일 밤 서너 시간동안 밤 여행길에 휘둘리다가
깨어난 나는
오늘은 기필코 AS를 받아야지 되뇌다가도
아무렇지도 않은 듯
태연히 버티고 선 냉장고를 보고 등을 두드린다
'아직 살아 있네, 더 버텨봐.'

소리의 파장

그는 천장 위에서 종이 박스로 바닥을 두드린다
85 데시벨 음폭으로 울리는 소리
침묵의 세방고리관 뒤흔들고 내 뇌속을 휘젓는다

쇠를 불에 달궜다가 두드리듯 음역은 갈수록 넓고
깊어지니
내 인내의 비등점은 훌쩍 수위를 넘기고
달려가 물어뜯을 짐승의 태세로 두 눈을 부릅뜬다

언제나 아량은커녕 양해도 없이 제 살길만 찾는 그를
세렝게티 초원의 굶주린 하이에나처럼 짓이겨버릴
것인가
순한 양처럼 눈만 껌뻑이고 뒷걸음질만 칠 것인가

오늘도 나를 시험하는 저 남자는
위선자 바리새인은 아닐까
나는 하이에나와 양의 갈림길에서
길 찾으려 헤매고 있다.

테이블에 대해

붉은 울음 토해내던 하늘 깃발 내리면
골목마다 안개 스미듯 어둠이 차오르고
희미한 불빛아래 술집으로 모여드는 군상들
저마다 사연 안고 마음 풀어 놓는다
분침이 하품하며 멀리 달려갈수록
내 위에 흩어지는 빈 술병들, 한숨들 늘어나고
버티고 선 힘겨운 네 다리마다 관절이 쑤신다

깊은 숲속에서 수런대는 바람소리
전생의 일이었나
새벽마다 날아드는 새소리에 눈뜨고
나뭇잎 사이로 보이던 귀한 햇살 받으려고
발돋음 하던 기억들 아직도 생생한데
어느 날은 취객이 쏟은 술에 흠뻑 취하고
어느 날은 그 발길에 채여 나뒹굴기도 숱하다
내 의지 없이 고향 산천 등지고
목공의 손놀림으로 몰골이 바뀌던 날부터
나는 내가 아니고 그들 것이다

오늘도
긴 하루 접으며 다음 생을 기약한다.

색色, 스며들다*

겨울 초엽에 문득 내게 달려드는 당신
색면** 그림에 일생을 담그더니
손목을 그어 붉은 선혈이 낭자한 모습으로
내게 다가왔네
낯선 이국땅에서의 설움을 색면으로 승화시키고
추상표현주의의 대가로 우뚝 선 당신은
캔버스에 담겨진 단순한 직사각형 뭉텅이 그림들로
고통 받는 이들의 영혼을 달래주었네
당신이 그려낸 색면 그림에
회한이 서린 자는 눈물 흘리고 평안을 이루었네
그러나 끝내 당신은
채도와 명도가 높은 색에서
너무 낮은 색으로 마음을 바꾸어 가더니
마지막에 그린 레드 그림 앞에서
죽음 속으로 발길을 거두었네
내 온몸을 때때로 초록으로 물들여준, 당신
온유의 초록 속에 스며들어 당신을 기리네.

 * 마크 로스코 그림 앞에서
** 색면: 캔버스에 물감을 넓게 펴 발라 캔버스 전체를 색채로
           뒤덮는 기법.

유월을 물들이다

천지를 뒤흔드는 너

카르멘의 심장을 앗아갔는가, 핏빛 낭자하다

내 안의 초연함 뒷걸음치고

벌컥 쏟아지는 숨겨진 내 열정

네게로 향한다

사랑의 실체를 보여주는 너로 인해

천년 묵은 내 얼음장 내벽이

일시에 온도를 높인다.

푸른 코트를 입은 자화상*

한 쪽 귀를 붕대로 감은 그의 눈빛이
서슬 퍼런 마음과는 달리 지중해의 쪽빛으로 번뜩인다

푹 눌러 쓴 방한모 아래
분노로 가득 찬 입술은 맞붙어 가볍게 떨리는데
그가 즐기는 독한 압생트 한 잔이 그의 마음을 달래준다

누가 감히 나를 논하는가
나는 나고, 너는 너다
내 예술은 내 목숨, 누가 내 목숨을 탐하는가
이제 너에게 향했던 존경과 사랑은 길바닥에 내던지고
잘린 귀에서 흐르는 붉은 피로 네게 마지막 인사를
대신한다
아를의 노란 집에서 너와 보낸 60일은
행복이고 불행이었다
이제는 더 이상 감정의 낭비는 없다
예술에는 예술로써 맞설 뿐
인생을 걸고 선의의 대결을 할 뿐이다
비록 정상의 정신은 아니지만
내 그림만은 나를 지탱해 주는 강인한 힘이다

지금도 그의 눈빛은
그가 걸친 푸른색 코트처럼 하늘로 비상하고
그의 고독한 육신은 영원한 안식을 향해 날개를 접는다.

* 빈센트 반 고흐(네덜란드). 1889 / 유화 / 60×49cm / (코톨트 인스
  티튜트미술관)

누군가 나를 깨운다

내 귓속에 바람으로 오는 사람
물소리, 망치소리로도 온다

추석 보름 며칠 앞두고
행장 챙겨 서둘러 떠났다는 소식에
하던 일 멈추고 달려가니
급히 만든 영정사진 속 얼굴
웃는 듯 울고 있다
아직 계산된 생은 채우지도 못하고
대차대조표 맞추지도 못했는데
사진 한 장으로 영영 떠난다
향로에서 피워 오르는 실팍한 연기
어정쩡해 보이는 사진 속 얼굴을 가리고
그의 빈 그림자
설핏 내 등을 스치고 지나간다
긴 인사는 눈으로 나누고
등 돌리고 돌아서는데
끝물인 향냄새가 코에 감긴다

스틱스 강물*을 건너고도
못내 다시 오는 것은

못다 푼 하소연 있음인지
귀향자 오디세우스처럼 맞이해 물어볼까나.

* 스틱스 강물 : 그리스 신화에서 지상과 저승의 경계를 이루는 강.

제2부

지도에는 마음이 없다

말 달리자

침묵의 날들 속에
깊게 몸을 숙이고 침잠해버린 언어들
빛을 잃고 길을 잃어
이정표조차 묘연하다
그래도 꺼지지 않은 말의 불씨 하나
죽은 듯 살아 있어
세상 밖으로 고개를 내민다
갑주甲冑에 씌워 놓았던 말들이 삭아
남루한 입성을 걸친다 해도
때 빼고 광내듯 조탁하면
누구인들 부러워하지 않으랴
외진 곳으로 내몰았던 나날들을
이제 침묵 속으로 묶어 버리고
고삐가 풀린 말을 타고
새가 비상하듯 높고 날쌔게 달려야겠다
힘겹게 올려진 말들
겅중거리며 뛰어 오른다.

블랙 시그널

앰버 시그널, 레드 시그널 마침내
시간당 70mm의 블랙 시그널 발령 중이다

심사가 뒤틀린 하늘은
벼르고 별러 온 내 길을 막으며
지상을 향해 날카로운 창칼 내던진다
창칼에 찔린 나무 가지들이 소리치며 울부짖고
눈앞의 바다는 농묵의 구름 속에서
벌거벗은 몸뚱이들을 뒤척거린다

홍콩에 와서 만난 이 폭우처럼
그동안 나는 몇 번의 블랙 시그널을 만났던가
서로 맞물리지 못하고 엇갈리기만 하는 나날들
언제나 팽팽히 당겨진 고무줄처럼
맑음보다 폭우가 쏟아지곤 했었다

또다시 엠바 시그널, 레드 시그널
블랙 시그널 발령만 머릿속을 어지럽힌다.

무겁지만 너무 가벼운

1

다섯 살짜리 소년의 얼굴엔 표정이 없다
석회를 바르다 만 조각상처럼
공사장에서 뒹굴던 망가진 인형처럼
움직이지 않는 눈동자 멍하니 허공을 응시하고 있다
선악을 구분도 못하는 아이들은
울어도 도와주지 않는 어른들을 미워하지도 않는다
그저 이 가볍고 어둔 세상을
표정 없는 표정으로 지켜보고 있다

2

시리아 내전으로 대포 탄환에 무너진 건물에서
간신히 구해낸 한 소년을
이 시대의 인터넷 네티즌들은 SNS로, 카톡으로
몇 십만 건이나 퍼 날랐다
내 모니터에 뜬 소년의 인터넷 사진은
놀라움 섞인 뉴스일 뿐이다
그리스 바닷가에 엎드려 죽은 세 살짜리 아이도
다섯 살짜리 아이도
또 죽은 수많은 아이들은

인터넷에선 다만 떠도는 유령일 뿐이다

정당한 이유 없이 소멸되는 목숨은 목숨이 아니다
단지 어른들 전쟁놀이에 희생되는 제물일 뿐
무겁지만 너무 가벼운.

불심佛心

넓은 이마에 황사바람 맞받으며 미소 짓는
미륵불의 얼굴은 봄이다
그는 쉼 없이 정성스레 절 올리는 아낙과
허름한 잠바에 후줄근한 바지의 사내를
슬쩍 눈에 담는다

돌미륵을 배경 삼아 그들을 카메라 렌즈 안에 가두던 나는
서둘러 자동셔터 누르고
그 풍경 안에 뛰어들어 하나가 되었다

누군가 등 뒤에서 하얗게 몸을 흩날리며
소리내어 웃고 있다.

사막을 건너다

사막을 건너고 있다 낙타도 없이 등 떠밀려 나선
길은 척박하고 힘들다 입 안엔 모래가 그득한데 보이
지 않는 오아시스
　지평선까지 사막은 적막을 품은 채 보이지 않는
열기만 그득하다

　사막을 건너는 일은 자신과 대놓고 겨루는 일이다
내가 이기고자 하면 이기고, 지고자 하면 그대로 묻혀
뜨거운 모래밭이 된다
　적敵이 없어도 적이 있는 듯, 나는 몸 사리고 두 눈을
부릅뜬 채 긴 시간을 통과하고 있다

　모진 모래 바람 속에서도 수천 년을 버티어 온
상처투성이 스핑크스가 새삼 인간에게 퀴즈를 내고
있는 이 여름엔, 길 잃은 영혼들이 즐비하다.

나침판

온몸을 흔들며 소리친다

멈추지 말고

믿고 따라 오라며

떼쓰듯 몸부림치는 노동

그 구원의 길은

오직 의심치 않는 것

그 뿐이라고

엘리베이터

늘 긴장하며
사각의 작은 공간 안으로 발을 내딛는다
각자 원하는 층수의 희망을 클릭하고
번호에 불이 켜질 때마다
무심한 듯 시선을 고정시킨다

때론 대화의 장소로
때론 공포의 장소가 되는
네 벽면 안의 작은 공간
이카루스의 날개를 달고 하늘 향해
점점 더 높이 올라가려는 인간의 꿈일까
높이 올라갈수록 보이는 건 구름과 바람 뿐,
그 구름 한 점 싣고 바람 가득 넣어
다시 지상으로 내려와 아수라장에 펼쳐 놓을까

무인시스템으로 원하는 층마다
오르내리는 자동 개폐기
언제나 누군가를 기다리며
문이 열려 있다.

아르바트 거리의 송가

저 먼 땅, 모스크바의 아르바트 거리에
노래와 춤이 흐른다

음악에 맞춰 브레이크 댄스, 힙합, 비보잉을
서너 명의 젊은 춤꾼들이
거리가 무대인 양 거리낌 없이 추어댄다
초상화를 그리는 거리의 화가들
길 가던 행인들, 연로한 재즈 연주가도
젊은 춤꾼들 따라 몸이 리듬을 탄다
자유와 반전을 노래 부르던 록 가수 빅토르 최도
그를 기리는 추모의 벽에서
수많은 글들을 품어 안고 기쁨의 몸을 흔든다

삶이 그대를 속일지라도 슬퍼하거나 노하지 말라던
푸쉬킨은 어이없는 결투로 삶을 잃어버리고
그 거리의 동상 위에서 아내와 나란히 서서
힙합 음악을 들으며
차갑고 푸른 눈빛을 빛내고 있다
그는 사랑보다는 삶을 속이지 않는 인생을
바라지 않았을까

오늘도 젊음의 아르바트 거리에는
저항과 분노의 함성은 저 멀리 사라지고
자유의 노래와 춤이 흐르고 있다.

열렸습니다

번호 키를 누른 순간 튀어나오는 낯선 여자 목소리
흠칫 놀라며 떨리는 손으로 손잡이를 돌린다
한동안 집 안에 매복하고 있던 오래된 먼지와
빈방마다 스며있는 그녀의 체취
일순 알싸해지는 콧속엔
색 바랜 분노가 스멀거린다
믿음을 키우지 못했던 허접한 세월동안
남겨진 고아처럼 외로움에 떨었던 나날들
이제 유실된 사랑은
본시 그의 것이 아닌 단순한 열망 뿐이었을까
애써 건져 올린 추억들이
날개를 접고 심연 속으로 사라져 버린
이제는
한때 살을 맞대던 기억조차 희미하다
그는 먼지만 나풀대는 빈방에서
환청처럼 들려오는 그녀의 목소리 지우려
빗살무늬 가득한 거리로 나선다.

우리는 어디서 와서 어디로 가는가

듬성듬성 서 있는 인체 조각품들이 제 삶을
펼치고 있는 비젤란 공원*
벌거벗은 몸에 속이 훤히 비치는 화강암, 청동 옷을 걸치고
긴 세월을 보내고 있다

태어나서 자라고 사랑해서 결혼하고 병들어 죽고
다시 태어나는
윤회의 수레바퀴 속에서
희망과 절망, 슬픔과 기쁨을 드러낸 그들은
과거와 현재, 미래를 품고 있다

아뿔사!
수많은 남녀노소들이 서로 뒤엉켜 구겨져 오르고 있는
저 높다란 모노리스탑은
욕망과 투쟁의 극치를 보여 준다
그 모습, 처연하다

공원을 한 바퀴 다 돌고 나오니
반나절 만에 평생을 다 살아낸 듯, 등허리가 시렵다.

* 비젤란 공원: 노르웨이의 오슬로에 있는 조각 공원.

웃는 부처

서산의 마애삼존불

두 눈이 감기듯
볼이 미어 터질듯
그득한 웃음
햇빛이 비치는 방향에 따라서
웃는 모습이 다른 건
어지러운 세상 미리 내다보고
때맞춰 웃는 얼굴로 살라는
무언의 가르침인가
밑바닥으로 뒤집혔던 마음이
다시 빳빳하게 다림질되는 한낮
참배객들 웃음소리에
그의 옷자락 흔들리고
지나가던 바람도
덩달아 한소리* 한다

* 한소리 : 크게 지르는 외마디 소리

저리도 제 몸을 태우는데

깊은 산 계곡마다 제 몸 태우며 열반에 드는
붉은 단풍들
그 절정의 극치를 바라보니
술에 물탄 듯, 물에 술탄 듯 살아온
내가
제대로 살아온 것 같지 않아
심장이 와르르 무너져 내린다

자신을 온전히 불살라
제 몸을 내어줄 그 누가 나에게도 있었던가
나를 온전히 불살라 지옥에라도 뛰어들
그 누가 나에게 있었던가

이 가을 단풍보다 못한
서럽고 어정쩡한 지난 생을 반추한다.

적멸보궁 가는 길

월정사 산길 따라 산등성이에 오르니
구름에 싸인 적멸보궁 마당에는
극락왕생하는 연등이 한창이다
불타오르는 염원들 맞닿은 하늘로 이송중인가

허리 굽혀 절하는 겨울나무들
서둘러 동안거에 들어간 듯 엄숙한데
적멸보궁을 슬며시 빠져나와
나뭇가지 사이로 올라온 말간 얼굴
산사를 환히 비춘다

제 그림자를 지고 선 석탑의 풍경은
서둘러 땡강거리고
저녁예불 알리는 법고소리에
삼라만상이 고개 숙인다.

지도에는 마음이 없다

벽에 부착해 놓은 유럽지도를
밤마다 사정거리 안에서 바라본다
때론 무심히, 때론 유심히
스치고 다닌 곳도 있고 아닌 곳도 있다
유년부터 꿈꾸던 그리운 도시에서는
어디선가 낯 익은 누군가가 달려나올 것만 같아
두리번대곤 했다
그러다 문득 골목길 걸어 곤돌라 탔던
물의 도시에는 아직도
물속에 몸 담그고 선 건물들,
아름답고 처연하다

지도를 별자리처럼 헤어보다 잠드는 날엔
낯선 곳에서 길을 잃어 헤매기도 하고
평생을 몸 적시는 나무도 되어
밤새 얼굴 누인 베개가 축축해진다.

춤추는 오르골

방콕 아시안 티크 야시장 분수대 앞

한 소녀가 앙증맞은 두 손 펴서 위로 살짝 비틀어 올리고
발동작 맞춰 전통춤 콘을 춘다

쉼 없이 음악에 맞춰 그 동작 되풀이한다

펼쳐 놓은 자리 위 하품 하듯 입 벌린 바구니
구경꾼들 하나 둘 던져 넣은 동전들

족히 두 시간은 되었건만 멈추지 못하고
아이는 계속 맴돌고 있다
태엽 감은 작은 무대 위 오르골 인형처럼
분홍신 신고 춤추는 안데르센의 카렌처럼

흘끗흘끗 뒤돌아보며 감시자 젊은 아비에게 웃음 짓는
그 얼굴엔
분수대 뒤 가로등 그림자들이 짙게 드리워져 있다

지칠대로 지친 그 소녀
새벽은 언제 오려는가.

패터슨의 하루는

패터슨 마을에 사는 버스 기사 패터슨, 일상이 시詩다
잠든 아내와 식탁 위의 성냥갑에 쓰인 글도
그에겐 시의 한 구절이다
새벽에 버스 차고지로 가는 길도 구절구절 시詩구인데
운전대에서도 시를 쓰다 차를 몰고 간다
운전을 하면서도 차창에 스치는 풍경, 행인들,
차 안의 승객들 말도 놓치지 않고 가슴에 꾹꾹 적어둔다
공간과 시간을 아우르는 그는 상상보다는 일상을
한 폭의 시화詩畵처럼 그려내며 하루를 보내지만
밤마다 집에 돌아오면
예쁜 아내와 소설처럼 진한 밤을 보낸다

현대 시의 기법은 몰라도
단테 알리기에리의 사진을 품고 다니며
시를 사랑하고 시 속에 사는 패터슨 마을의 패터슨,
그가 바로 시詩이다.

* 영화 '패터슨'을 보고

한 켤레 양말 같은

선천성 류마티스 관절염으로 뒤뚱대는 그녀, 우연히 가정부 구하는 한 남자 만나 창고 같은 그의 집으로 들어가네

집안 일하는 틈틈이 벽마다 창문마다 새, 꽃, 사슴, 나무, 고양이, 풍경화…
무엇이든 그리고 또 그렸네

눈 뜨는 아침마다 풍경처럼 보이는 그녀, 거칠던 그 남자 빗금 간 영혼을 사랑으로 채워주었네
헛간 같던 작은 집에 가득 찬 그림은 날개 달고 세상 밖으로 날아다니고
드디어 그 집은 작은 미술관 되었네

붉게 물들어가는 하늘 아래 양복 정장 차림 그 남자, 한껏 모양 낸 그녀 수레에 태우고 둑길로 밀고 가네
세상 다 얻은 듯 그 여자 큰 웃음 날리고, 그녀 그림들은 밤마다 요정되어 날아다니네

한 켤레 양말 같은 그들, 서로의 발 포개고 춤을 추며 서로에게 물들어가네.

* 영화 '내 사랑'을 보고

메멘토

현관문을 잠그고 돌아선 순간부터
불안은 내 영혼을 잠식한다

행여 문을 잠그지 않은 듯
무언가를 잊고 나온 듯
발길은 앞을 향하지만 정신은 뒤를 향한 채
긴 미련을 떨치지 못한다
나는 초단기 기억상실증 환자처럼,
냉각팬이 장착되지 않은 cpu처럼
기억 시스템은 에러가 발생했는지
1분 전의 일들을 순식간에 날려버리고
다시 기억을 되짚어 1분 전으로
나를 돌려보낸다

전생에 무엇을 두고 왔기에
기억의 씨줄과 날줄이 뒤엉킨채
허망의 껍데기로 생을 넘나드는 것인가

오늘도, 나는
기억의 회로 속을 더듬으며 발걸음을 옮긴다.

언젠가 본 듯한

한 중년의 사내가 야윈 얼굴로 병원 침대 위에
구겨진채 누워 있다
퀭한 눈빛에 성긴 머리카락 몇 가닥 이마 위에
흩어져 있다

어디서 본 듯한, 언젠가 본 듯한 낯익은 그 얼굴
나는 문득 바위에 가슴 눌린 듯 숨이 가빠 바라볼 수가
없다

저 사내보다 더 젊은 나이에 심장이 멎어버린 내
아버지, 어쩌면 그와 저다지도 영락없이 똑같단 말인가

힘겨운 이승이지만 아버지 보다 한발 더 디뎌보려고
질긴 밧줄 당기듯 침대 모서리 끌어 잡고, 동생은 두
손에 불끈 힘을 준다.

외치, 신상 털리다

날짜 정해 놓고 다시 살아나기를 바랐을까

구리 도끼와 돌촉 화살통 걸머메고 사냥 나갔다 죽은 외치
두꺼운 얼음 속에 파묻혀 5천3백여 년 동안 살다가
덮고 있던 얼음을 걷어내고 세상 향해 눈 떴다
죽어서도 죽은 게 아니었던 그는
새로운 세상에서
말라붙은 온몸의 뼈를 드러낸 채 신상을 털린다
뼈와 근육에서 DNA 뽑아 드러난 그의 이력은
세상에 공개되고
미라가 되었다가 산 사람처럼 복원된 그는
인터넷 세상에서 돌고 돈다, 생전의 사냥꾼 모습으로

죽은 외치는 살아도 죽고 싶고
죽어도 살고 싶은
소생할 기약 없는 날짜만 셈하고 있다.

제3부

새, 구름을 가르다

안경 너머의 세상

그녀는 두꺼운 안경테 너머로
삶을 서로 다르게 바라본다
오목렌즈로 세상 안을 바라보고
볼록렌즈로 세상 밖을 탐색한다
세상은 렌즈 속 그림일 뿐
본색은 봉인되어 보이지 않는다
멀고 가까운
흐리고 선명한
밝고 어두운
차고 따뜻한
…
세상을 구원할 그 누구도 없다는데
안경 안이면 어떻고 안경 밖이면 어떠랴
언제나 마음은 불투명한 사물들로 가득하다.

눈 오는 아침에

가볍게 엉키고 풀어지며 소란을 잠재우고
끝도 없이 내리는 눈송이들
기쁨보다는 기억을 불러온다
어디서 와서 어디로 가는 것일까
욕망의 잔재들 위에 내리며
자유로운 영혼처럼 떠돌고 있다

내 생각을 뒤덮는 눈은 무겁다
사물은 크고 작음에 의미가 달라지지 않듯이
완전함과 불완전함도 결국 다를 것이 없다
충만과 공허 역시 다름없기에
말과 글의 틈새에서 진리를 찾는다

눈 내리는 새벽거리는
잃어버린 추억의 마지막 페이지이다
더 넘길 것도 없는.

능소화 연가

마이산 가는 길, 낮은 집 돌담장 위로
붉은 울음이 터졌다.
긴 댕기 머리에
내려진 덩굴마다 눈물 가득한 꽃

처음으로 마음속 불을 지피던 사랑에
눈멀었던 그녀는
긴긴밤 등허리 눕히고 연분 맺고
느닷없이 뒤돌아선 그를
단 한 번이라도 더 눈에 담으려고
긴 덩굴손을 뻗쳐 담장에 올라
주홍빛 얼굴을 쳐들었다

뜬 눈으로 지새는 밤들이
긴 한을 내뿜고
지친 훈기를 걷어 들이자
그녀는 서럽게 날개 꺾고
피 토하다 끝내 고개 접었다.

매미

한 여름을 통째로 삼킨다

혼자서, 혹은 여럿이서

땅속에 갇혀 있던 만큼,

꼭 그만큼

사랑을 내뿜는다

거침없이

아주 거침없이

초록을 온통 삼킨 여름은

매미의 한恨이다

목련, 목련이던

길가 그 집 담장 안에
흐드러지게 핀 목련
떨고 있는 너의 실루엣 뒤로
아프게 흩날린다

목련, 목련이던
살아 목련이던 그녀
바람 불던 그날
뽀얀 얼굴 일시에 흙빛으로 변해
고개 떨구었다, 참혹하게

요절한 아버지 유언대로
혼자된 어머니 곁 지키며 빈 생을 보내다가
사십 줄에 인연 만나 원앙금침 펼쳤건만
그 해 가기도 전에 위암으로 목숨 줄 위태로웠다

바람 불 때마다
뚝,
뚝,
천지를 울리는 목련의 하강소리처럼
봄은 이제 한창인데

그녀 가슴 쥐어뜯는 소리 천지를 울린다

바람 멎자
바닥에 난분분한 목련의 흐트러진 모습
살아 목련이던 그녀 고통으로 울부짖다가
세상 아래로
뚝,

봄은 아직 한창이다.

벌레 날다

벌레 서너 마리 눈앞에서 날아다닌다
좌우 번갈아 순회하며 내 영혼을 잠식하고 있다
두 손으로 잡으려 해도 잡히지 않는 그 비가시적 족속들
반복되는 이 해괴한 놀이에 그만 실소를 터뜨린다

일찍이 눈에 보이는 벌레마다 족족
넓다대한 손바닥으로 덮쳐버린 앙갚음인가
오뉴월 서릿발 여지없이 쏟아질 줄 미처 모르고
미물이라고 함부로 살육했던 그 대가인가
인간 또한 한 치 다를 바 없는 미물인 것을

한 달 내내 그네 타던 비문증의 벌레들은
혼란의 골짜기로 내 시침을 돌리며 분주하기만 하다.

부석사에서

태백산 기둥 삼아서 옹이처럼 박힌
봉황산 중턱에 한 폭의 절집 찾아
늙어 사지가 불거진 사과나무 길을 지난다
여기가 극락으로 올라가는 길이던가
구곡계단을
어렵사리 올라가 대웅전에 이르니,
굽이굽이 연이은 파도들이
간단없이 밀려오는 바다 위에
멍텅구리 배 한 척 비척대며 떠 있다
이곳이 도피안의 절정이련가
애써 외면하는 그를
두 손 벌려 감싸 안으니
마음은 공중으로 들어올려져
내릴 생각하지 않는다
곳곳마다
그대 향한 이 진심 배 불룩한
배흘림기둥에 깊숙이 숨어 있으니
너는 천년이 지나도 변치 않을 사랑이겠다.

비 그친 뒤

밤새 세차던 폭우, 날 새니 그쳐 있다

깊이 가라앉은 세상

온갖 괴로움 다 씻겨 내리고

아직도 말끔한 비닐처럼 빗물이 씌워져 있다

어차피 빈손으로 이 세상에 왔다가 다시

저 너머 세상으로 간다는 것을

폭우는 실감나게 보여주었다

아직 질척이며 어두운 골목길에서 헤매는 나는

그 흔적 위에 덜 씻긴 영혼을 뉘이고 있다.

소쇄원의 봄

늙은 둥치에 수두 물집처럼 솟아난 매화는
길목 담장 안에서 눈인사 보내고
푸른 관복 차림의 청정한 대나무들 일렬종횡대로 늘어서서
양상보 대신 우리를 맞이한다.

속세를 버리고
달빛 은은히 스며드는 제월당에서 그날의 비분을 읊조리며
정암*을 기리던 그는
버선발로 댓돌 디디며 뛰어나왔다
웃음이 그득하다

선비의 기개가 넘치던 광풍각엔
겨울 속에서 자란 봄이 머뭇대며
마른 뜨락에 내려앉는다.

* 정암 : 조광조의 호. 양산보의 은사.

안경사, 그 남자

동네 어귀 신호등 건너편 작은 안경점
찾아드는 손님은 드문드문하지만 안경은 그득한데
삼백 예순 날 클래식 음악소리 거리로 넘나든다
금테, 은테, 선글라스, 빨주노초파남보 뿔테 안경테
에 둘러싸여
그 남자는 빨간 안경테 코에 걸치고 서 있다
비쩍 마른 몸매에 옷맵시는 그럴듯해도
고도를 기다리다 지쳐가는 에스트라공이다
세상 넘어 세상을 보는 재미에
수 년 전, 있는 재산 다 털어 개업한 안경점
그의 마지막 보루이고 희망이지만
고장 난 탐사선이다

하루 종일 안경테마다 뿌옇게 쌓이는 먼지는
그의 한숨이고 절망이건만
입술 근육 실룩이며 연신 헛웃음 뿌려대는 안경사
거리가 어둠에 휩싸이면
벽면에 걸려 있는 액자 속 그림처럼
의미 없는 일상을 몇 자 적는다.

새, 구름을 가르다

어디서 날아 왔는지
떠도는 새 한 마리가
이름 없는 묘비 위에 꼿꼿이 선 채 하염없다
꿈을 이루지 못하고 떠난 넋이
전생을 뒤돌아보는 것인가

제 몸 사리지 않던 살신성인의 용기
나를 버린 그 충정은
죽어서도 변할 수 없기에
붉은 장미 흐드러진 6월은
산화된 피만큼 붉게 타오른다.

하늘로 솟구치는 수십 발의 총성이
몸 가리고 숨어 있던 수천의 새들처럼
저마다 레퀴엠을 연주하며
세상 밖으로 흩어진다.

소쩍다 소쩍다

저 먼 산에서 울어대는가
환청으로 들려오는 소쩍새 우는 소리

간밤에도 들리던 그 목소리는
내가 잠에서 깬 새벽에도
점점 더 가까이, 더 멀리 들려온다

그는 왜 저토록 밤낮을 울며 다니는가

고개 돌려 그를 찾으려 하나
절규하듯 그리움만 풀어 놓고 가버린다

이 여름은 유난히 큰 소쩍새 울음을 삼키며
마린 블루의 물감이 확 쏟아진 듯
저 멀리 푸르게 퍼져 나간다.

연둣빛, 푸르다

북한산이 기지개를 켜며

긴 하품을 한다

아직 머리에 남겨진 흰 고깔 제껴 쓰고

오달지게

온 몸을 흔들며

두 팔을 번쩍 들어 올린다

그 틈에 움츠렸던 나뭇가지들

잔설을 털고

연두색 봄 옷 갈아입을 채비 중인데

나는 마음만 푸르게 한달음이다.

안개 바다

안개 자욱한 바다 저 편이 분주하다
줄지어 출항했던 어선들이 하나 둘씩 항구로 돌아
오는가 보다

집 나간 아이 찾듯 지금도 뱃길 찾아주는 등대는
짙은 해무 속에서 삼각 모자 쓴 어릿광대처럼 서성
이고 있다

후끈, 수평선 위로 고개 쳐드는 불덩이 보자고 달려
온 몇 백 리 길이라 아쉽기는 해도
몰려드는 바다 안개에 온 몸을 내맡기다 보면
하늘이 어디이고 바다가 어디인지 모를
너와 나처럼 구별 없는 하나의 세계가 있다.

입춘대길

책 더미에서 우연히 찾아낸 '立春大吉 建陽多慶'
먹 갈아 거침없이 힘차게 쓴 행서라
아직도 살아 꿈틀댄다

입춘은 획마다 제자리를 잡았으니 봄은 멀지 않았고
대길大吉의 대大는 잘 빠졌지만
길吉이 정신을 다 잡지 못하고 흔들린다
건양建陽은 힘이 빠져 있지만
다경多慶은 각도를 맞춰 제자리를 제대로 잡고 있다

그래도 황사를 뒤집어쓴 듯 누렇게 변색된 화선지라
오던 봄이 되돌아가지 않을까 싶어도
현관문에 붙여 놓고는 매양 들여다본다.

주함 헤븐 빌은 분양중이다

동네 도로 가에 새로 지은 빌라 몇 채
도로 소음 때문인지
'주함 헤븐 빌' 이름에 발목 잡혀서인지
여러 해가 바뀌어도 아직 분양중이다

이름이 좋아야 날개 달고
뜻을 펼친다고 했던가
내 이름 석 자도 별반 다르지 않아
내걸 만한 작품 하나 건지지 못하고
매양 분양중으로 고전하다 세월 낡었다
그래도 내 이름으로 사람값을 하자면
야망의 높이를 높여야 하는가
생각의 깊이를 더 파야 하는가
'깊이에의 강요'에 질식당한 채
이름값도 못하고 세상을 버린
쥐스킨트의 젊은 여류 화가처럼 허공이 깊이다

주함 헤븐 빌은 내내 분양중이고
깊이가 허공인 내 이름도 내내 분양중이다.

창밖을 내다보다 우연히 만난

그날, 건물사이 잿빛 아닌 무채색의 하늘에서
작은 습기 품은 흰 꽃들 무더기로 흩날리기 시작했다
저 탐스런 첫 눈송이들

기실 저건 반란이다
무수히 떼 지어 쏟아지며 함성을 내지르는
이미 떠난 줄 알았는데 아직 가지 못한 영혼들이
남기는 숱한 메시지다

지난 봄, 상심할 정도로 가지를 비워내며 마구 휘날
리던 벚꽃처럼
하늘을 비워낼 듯 끊임없이 나풀대며 지상을 하얗
게 덧칠하는 침묵의 눈송이들

창밖을 내다보다 우연히 보게 된 첫사랑처럼
말 걸지도 못하고 그 모습만 읽던 책 접어놓듯 가슴
속에 또 접어둔다.

춘래불사춘*

아직도 겨울인가 온 세상이 하얗다, 거긴?
여기?...... 역시 느닷없는 강설이지

깊은 산 속에 사는 친구와 안부를 주고받는다
밖에는 느닷없이 춘설이 휘날리고 있다
백설양춘白雪陽春이다

군데군데 피어올라 창백한 얼굴에 볼연지 찍던 진달래
샛노란 몸을 감싸며 막 걸음 내딛는 개나리
그들 위로 왈칵왈칵 폭설이 쏟아진다
고개 쳐들다가 으악 소리 지르고 곤두박질, 이내
기절하는 건 아닐까
떠날 때는 미련 없이 가야하거늘 가는 듯 마는 듯
뒤끝보이는 저 우유부단한 겨울이라니

변치 않는 사랑 없듯이 봄빛 간 곳 없는 이 궂은 날에
구십춘광九十春光의 봄을 새삼 그리워한다.

* 춘래불사춘: 봄이 와도 봄 같지 않다는 뜻.

폭염

불꽃 없는 불바다 속을 헤엄치듯

허우적대며 걸어간다

시계視界가 불투명한 거리에서

보이는 것은 무엇이고

보이지 않는 것은 무엇인가

내 삶의 중추를 흰 불꽃이

혀를 빼물고 기웃댄다

희뿌연 불꽃 뒤에서

차가운 공포처럼 등줄기를 훑는

폭염, 인화물질을 품은 방화범.

초승달

자꾸 여위어가는 마음이

날카로운 낫이 된다

누구에게 향할지 모를

독기 품은 연장

보이는 것마다 상처를 남기고

들리는 것마다 가슴에 묻는다

그믐이 다가오고 있는 발자국

하늘 가득하다.

제4부

은유를 그리다

구두 한 켤레

그는 언제나 낡은 구두를 질질 끌며 걸었다

그의 반듯한 신발장에는
몇 켤레의 새 구두들이 가지런히 무릎 꿇고 앉아 기다리건만
매양 꺼내 신는 건 다 해진 헌 구두
뒤축 닳아서 비 오면 물 들어오고
눈 오면 찬기가 배어 들어와
그가 온몸을 으스스 떨며 들어설 때마다
다른 새 구두들이 그를 비웃으며 낄낄거렸다

알 수 없는 것은 속마음이련가
부유를 감추고 빈곤함을 자처하던 그가
아름답기 보다는 어리석게 보였다
가족도 등한시하는 처지의 가장이었다

어느 초가을 날 집안에서 돌연사 한 그는
평소 아끼는 낡은 구두를 벗어놓고 맨발로 먼 길 떠났다

그 낡은 구두 한 켤레,
어디에 버려져서 그를 지금도 기다리고 있을까
혼이 되어 날아간 그를 찾아 헤매고 있지는 않을까.

신 시지프스 신화

굽은 등에 큰 짐 짊어지고 히말라야 산맥 가파른
산길을 올라가는 짐꾼들이 있다
오래된 짐꾼 당나귀처럼, 트레킹족 짐 지고 산등성
이 끝없이 올라가고 다시 내려오는 일로 한 생을 보
낸다

몸져 누운 남편 대신 짐을 진 여인과 어린 아들, 변변
한 신발도 없이 세찬 바람 눈보라 몰아치는 설산을
향해 발걸음을 내딛는다
어미는 가파른 언덕길마다 무릎 움켜쥐고 골짜기에
신음과 눈물 뿌리며 올라가고, 아들은 먹먹한 가슴
들키기 싫어 냅다 혼자 내달린다

이미 활시위에 당겨진 화살인가, 아직 남겨진 화살
통속의 화살인가
생을 관통하는 운명의 변주곡이 히말라야 산골
짜기에 울려 퍼지며
긴 여운을 남긴다.

그리움이 깊어지면

언제 왔던가, 낡고 얕은 아버지 집
송구한 마음 애써 감추고 동생들과
봉분 덮은 무성한 잡초 뽑아내다 보니 그리움에 목이 메는데
누군가 쳐다보는 기척 느껴져 나는 고개 돌려 보았다

아, 노루다, 청노루다!

가까이서 이쪽에 시선을 두고 있는 그 짐승
우리는 저마다 놀라 나직이 소리내며 눈길 보낸다
청노루도 놀란 듯 두 눈 동그랗게 뜨고 움칠하더니
무덤사이 지나 저 뒷산으로 달려가 버린다

꿈인가, 생시인가!
방금 청노루 가고 난 자리엔 서늘한 그림자만 남아 있다

하 세월 광음처럼 지나가도록 너나 할 것 없이
발걸음들 놓아버려
울 아버지 밤낮으로 이승 기웃대며 배회하다가
아들 딸 한꺼번에 몰려 와서 안부 전하니
잠시 무덤가에 현신한 것인가

그리움이 깊어지면 헛것도 보이는지
하산하는 길목에서 문득 뒤돌아보니
어스름한 무덤가에 그 노루 모습 다시 보이는데
어서 가라는 듯 먼 눈길 보내며 하염없다

한줄기 바람이 등 떠밀고 사라진다.

날다, 종이학

종이학들이 유리병 속에서 날개 접고 죽은 듯 누워
있다
엄마 잃은 아이가 내게 접어준 알록달록 옷 입은
학들 천 마리를 채우지 않아서인가, 소원은 아직 이루
지도 못하고 오리무중이다

내게 소원 이루라던 그 아이 정성이
문득 되살아나 맥없이 서성이는데
진심이 깊어지면 통한다더니 죽은 척하던 병 속의
학들이 어느 날 깃털을 털며 서서히 날개를 들어 올
린다

살아도 죽은 듯 사는 것보다
죽어야 다시 살아난다는 쿠마에 무녀처럼
죽었다가 재생하는 학들은
잊었던 그 아이가 내게 보내주는 기쁨의 날갯짓이다.

낡은 시간들을 양도하다

골목 입구 녹색 헌옷 수거함 옆에
오랫동안 내게 온기를 주었던 이불을 버렸다
뒤돌아서 오는 다리가 왠지 묵직해지는 것은
미련 때문인가
내가 그를 어둠 속에 폐기처분하는 것은
나를 위안해 주던 시간들을
남몰래 타인에게 양도하는 일이다
상처와 위안은 종이 한 장 차이인가

나를 감쌌던 시간들과 함께 버려진 그는
이제 타인의 시간 속에 온기와 함께 펼쳐지겠지
낯선 시간들을 안아갈 그 누구에게
그는 한갓 따스한 위안이 되기는 하려나
품었던 한 때의 희망이 그 본의를 잃고
나락으로 떨어질 때마다
그늘진 얼굴을 파묻고 세상을 향해 토하던 울분을
그는 특유의 푹신한 너그러움으로 다독거려 주곤 했다

그를 떠나보낸 진한 아쉬움이
남겨진 시간 속에 잠겨든다.

동문서답

아흔을 앞둔 어머니
귓속에 지나온 세월이 켜켜이 들어차
빈틈이 없는지
웬만한 소리는 잘 듣지 못 한다
그러다가도 어떤 때는 들은 건지
못 듣고도 들은 척 하는 건지
이내 동문서답을 한다

이른 나이에 먼저 떠난 남편을
호되게 나무라며 눈시울을 적시기도 한다
그럴 때마다
가파른 등에 짐 한 축 짊어지고
먼 길 떠나는 노새 같다

이제 어머니는 그나마 남은 생도
제대로 듣지 못하고 있다.

떠나는 연습

손때 묻은 벽지 위에서는
늘 바람이 일렁인다
등 대고 매달려 있는
배낭의 한숨이다
어디다 몸 풀어도 걱정 없을
작은 소품들 다 챙겨 넣고
이제나 저제나 훌쩍 떠날
등짝하나 기다린다
먼지로 뒤덮힌 옷깃을 털며
세상의 짐 벗어버릴 길 찾아
짓무른 눈길 거두고 일어설
배낭은 나다.

만물에는 비밀이 있다

만취했는가
꿈과 현실 사이를 오가며 시소를 타는 깊은 밤
어디선가 수런대는 소리
들리는 듯 마는 듯하며 적막을 흔든다
불현듯 혼돈에 뒤채던 늪지에서 빠져 나와
귀 기울여 들어봐도 알 수 없는 언어들
비밀 탐지 하듯 거실로 나가니
소리는 멈추었으나 언뜻 느껴지는 사물들의 미세한 움직임
확증은 없으나 정황은 감지된다

어느 외진 공동묘지에서처럼
먼 길 떠난 영혼들이 어둠 속으로 나와
밤을 타 노는 소리였던가

사물은 사물끼리, 동식물은 동식물끼리
끼리끼리
서로 통한다는 비언어의 교감이었는가

어둠은 소리를 잠재우고, 의문만 날개를 달고 빈
허공을 난다.

망각의 천사*

   태어날 때, 그의 윗입술에는 망각의 손자국을 찍어
주지 않았다
   망각의 천사가 실수한 것이다
   행인지 불행인지 그 덕분에 자신의 미래를 볼 수 있던 그는
선택할 수 있는 여러 인생을 살아보았다
   그중 가장 행복했던 한 삶을 선택해, 그는 다시
시작한다

   누구든 미래는 알 수 없기에 생을 마음대로 고를
수는 없지만 앞날을 알 수 있다면 실패할 인생이
있기나 할까

   내 인중은 망각의 천사가 손가락을 살짝 대다가 말았는지
어정쩡한 기억과 시공간을 오락가락하는 잦은 꿈으로
늘 안개 속에서 헤매곤 한다

   만약 시간을 거슬러 다시 생을 선택할 수 있다 해도
어떤 삶이든 후회를 동반하는 것
   어느 생이든 흐르고 흘러 우주의 끝에 다다르면 모두
하나의 작은 점이 아닐까.

* 영화 '미스터 노바디'에 나오는 천사

미망未忘

가을입니다.

이제 그대에게 향했던 묵은 상념들을 내려놓으려 합니다
긴 세월동안 미망迷妄에 사로잡혀 사는 듯 죽은 듯 흔들리며 이토록 먼 길까지 걸어 왔습니다
늘 두리번거리며 어설프게 살다보니 벅찼던 그 감정들도 소리없이 지는 한 계절 꽃처럼 그만 고개를 떨궜습니다

그대가 지금 어디 있는지 어디쯤 가고 있는지 생사조차 알 수 없지만 그대를 향한 마음을 걷잡을 수 없어 한때나마 죽음보다 더 진한 그리움을 앓기도 했습니다

푸른 추억은 한때의 기억으로 남겨두었건만
이젠 그 기억마저 희미해지는 이 가을
빛바랜 내 상념은 차가운 바람 속으로 사라지고
먼 그리움도 뒹구는 낙엽처럼 생기를 잃고 소멸되고 있습니다

생멸生滅을 주관하는 가을입니다.

배웅

느닷없이 마주한 생사의 갈림길에서
듬성듬성 흰 머리카락 퀭한 눈빛으로
어느 행성에서 잘못 날아와 불시착한 듯
그는 끊임없이 좌우를 두리번댄다
아주 오래전 비행하다 우주로 사라진 비행사의 귀환인가

50대 초반에 돌연 세상을 뒤로 한 내 아버지,
가시는 길 배웅 못해 떠올릴 마지막 모습은 모르지만
저 초로의 사내 같지 않았을까
말 없이 손 내저으며 어서 가라는 그 침묵의 손사래도
꼭 그대로 빼닮지 않았을까

살아온 길처럼 흙으로 돌아가는 길
아무리 발걸음이 무겁고 힘들어 보여도
저 사내는 이미 남은 생을 아는지
갈림길에 선 미아처럼 서성이는 그 모습에
문병객들 말을 삼킨다

나는 가슴속에 큰 돌을 매달아 놓은 듯
그를 보내는 내가 오히려 더 무겁다
내 아버지 같은 그는 무거운 짐이다.

별리

집 어귀의 골목길
변함없이 저만큼 비켜 서 있네

지난날 다정한 눈빛으로
"잘 있어" 속삭이던 그 말
아직도 귓가에 남아 맴도는데

오늘은
희미한 골목길 가로등만
제자리 지키고 있네

그대가 간 곳을 아는 건
오직 골목을 휘돌다 가버린
한 줄기 바람,
그리고
담장을 넘어 휘어져 있는
자목련 한 그루 뿐.

보이지 않는 세상

멀고 먼 산꼭대기 깊은 골에 사는 사람들 있다

해발 2,500미터 구름도 떠돌다 머무는 높고 외진 곳에
나무기둥에 켜켜이 진흙 덮어 만든 집들로
한 마을 이루어 사는 사람들

아랍인들 피해 숨어들어와 조상의 유골 고이 모셔 놓고
죽을 때까지 세상 눈길 피해 살아가는 현대판 몽유도원도
새로 태어나 다른 세상 본 적 없는 마을 아이들은
그 곳이 지구이고 우주이다
해와 달이 친구이고 별빛 가득한 하늘이 볼거리다

작은 일상이 큰 행복인 그들은 그 천국 속에 몸을 뉘이고
세상 밖 사람들 외면한 채 산 너머로 눈길조차 보내지 않는다

끝없는 생사윤회는 갈 길을 멈추지 않고
보이지 않는 이 작은 세상은
보이는 것만 뒤쫓는 인간의 욕망 속에 묻혀간다

그 마을 속에 나도 하나이고 싶어 걸망 매만지며
애꿎은 지도만 닳도록 들여다보고 있다.

사우다드*
― 모딜리아니를 위하여

나는 목이 긴 여자
한쪽으로 기울어진 고개, 아래로 늘어뜨린 두 팔
눈동자 없는 연두색 눈 마른 슬픔 차오르네

태생적으로 슬픈 그대는
그리는 눈마다 연둣빛 하늘을 쏟아 부었나
아득한 내면은 누구도 깊이를 알 수 없는 연못 속
그래서인가,
고통이 나를 짓눌러 자꾸만 기울어지는 긴 목

그 생에 순응했던 그대는
광희의 순간들 물감 묻은 손가락 사이로 흘러버리고
서둘러 먼 길 떠났네
한 줄기 푸른 희망 세상 밖에서 맴돌고 있는데
떠난다는 말도 채 못하고 서러움 안고 가버렸네

기다림을 덫으로 알고 살아 왔건만
어둠 안고 홀로 가버린 그대
정수리 한복판 슬픔의 꼭지 나를 짓눌러
이제 그대의 푸른 영혼 찾아 떠나려 하네

그대 위해 태어났고 존재했던 나, 잔느
남겨진 세상은 온통 연두색으로 뒤덮이네.

* 사우다드: 그리움을 담은 비애와 슬픈 감정.
          사무치는 그리움.

생을 지피다

양초에 불을 지핀다

너울대는 불빛 따라 일렁이는 그을음

굽이쳐 흐르는 촛농에 쏟아져 내린다

이내 적막을 감싸 안고

지난 생의 서러움을 불꽃 속으로 감아올린다

몇 해를 더 살아야 잊히고 지워져

온전한 생을 살아낼까

이승은 서럽기만 하다.

은유를 그리다

연인 한 쌍이 서로 안고 두둥실 하늘을 날고 있습니다

그들은 좁은 방 창문으로 불쑥 날아올라
드넓은 하늘의 구름 위에서 사랑을 속삭입니다
벨라를 안고서 세상 여기저기를 날고 싶다는 그 화가는
그림으로 꿈을 펼치는 색채의 마술사입니다

격동의 시절 이방인으로 떠돌아야 했던
그 암울한 현실에서도 그는
염소, 수탉, 말, 당나귀, 집, 마차, 꽃, 물고기, 에펠탑,
괘종시계도 하늘에서 날아다니게 합니다
또 서커스 단원들이 하늘에서 춤을 추는 묘기를
보여 줍니다
그에게는 하늘이 캔버스이고 은유의 공간입니다

그가 캔버스에 담은 색채의 엇박자는
자유로움과 조화를 이루어 헝크러진 인간의 영혼에
평안을 줍니다.

지금도 하늘을 날고 있는 샤갈의 그림 마을엔
꿈과 사랑이 흐르고 자유가 흘러넘칩니다.

젖어들다

이른 새벽 누군가 창문을 두드리며
잠을 깨운다
부리나케 일어나 창가로 다가서니
밤새 달려 온 빗줄기들
창틀에 물보라 일으키며 숨가쁘다

사는지 죽는지도 모르다가
홀로 떠나보낸 그대
오래 참다가 비가 되어
지상으로 달려 왔구나

느닷없이 끌려가 저 먼 천공
그 어느 골짜기에 갇혀 있다가
습기 가득 품고 달려와
후회 뿐인 영혼을 젖어 들게 하는가

그리움으로 지새던 빈 가슴이
그대의 흥건한 물기로 내를 이룬다

밤새 뜬눈으로 날을 새던 바람이
그대 부여잡고 모습을 감추니

내 영혼만 마냥 젖은 채로
창가에 남아 하염없다.

외줄 타는 남자

이쪽과 저쪽의 끝을 부여잡고 3cm 굵기의 외줄을 탄다
외줄 위는 그의 삶의 전부, 한 치 앞은 천애의 낭떠러지
죽을판 살판으로 사뿐히 내딛는 몸놀림에
외줄은 두 줄이 되고 세 줄이 되어
그와 쉴 새 없이 놀이판을 벌인다

나는 격자무늬 편편한 사각의 땅 위에서도
쉼 없이 출렁이며 외줄을 탄다
삼현육각의 소리가 없어도
공중돌기로 세상을 돌 줄 몰라도
나는 끊임없이 돌아간다

산다는 것은
허공에 줄을 매달고 한 발 한 발 내딛는 위험한 곡예
흥이 없이도 돌아가는 내 삶은 늘 처음 그 곳이다
그는 놀이로 허공을 건너고 나는 가슴으로 외줄을 탄다.

폭한 暴寒

내 몸속에 폭한 하나 키우고 있다
마음이 조금만 언짢아도
심장을 조이고
온 몸을 뒤틀리게 만드는
작지만 난폭한 그
어떤 아나키스트도 일체 용납하지 않는 그는,
내게 파견된 테러리스트이다

나는 몸을 위한 방어엔 속수무책인채
늘 임시변통으로 알약만 삼키며
그를 잠재울 뿐이다

이 가슴속 급소에 웅크리고 있는 그를
맑은 물을 끼얹어서 씻어버릴 수 있다면
무정부주의자들도 제 길을 찾아갈 텐데,
통증이 가속될 때마다 나는
죽기 살기를 반복한다
생을 열었다 닫았다 하는
한 근도 안 되는 이 명치에
내 목숨이 걸려 있다.

마침내

한겨울 내내 숨죽이고 숨어 있다가
빳빳이 고개 들고 밀어 올리는
연두색 작은 풀잎처럼
참 생명이란
저 너머 세계로 건너뛰기도 하는 생사여탈권을 쥐고 있어
공포이자 위안이기도 하다

어디 그 뿐이랴
만물은 어느 것이나 음양을 품고 있어
좋고 나쁘고 되고 안 되고
기쁨과 슬픔마저 내보이며 절절하게 사람의 가슴을 흔든다
행여,
한 고비 간신히 넘겼어도 정상에 이르지 못하고
겨우 한 단계만 올라갔어도
다만 다음 과정을 위한 발판인
완성에 이르는 그 이름만으로도 기운 솟는다

절체절명의 마침내는
완성의 결정판으로 향하는 기다림이며 삶의 마침표이다.

그녀

그 해 가을날,
느닷없이 일회용 녹차 종이에
연필로 꾹꾹 눌러 쓴 시를
나는 불쑥 건네받았다

'사랑, 그 쓸쓸함에 대해'

떠나보낸 연인을 못 잊어
그 아픔 절절하게 담아낸 시에는
지나간 시간들의 파도에 떠밀려
산 듯 죽은 듯 표류하는,

'당신이 떠나면 금세 죽을 것 같더니
아직도 두 눈 뜨고 잘 살아집니다'

겹겹이 빨간 줄 쳐 있는 이 구절엔
눈물에 떠밀려 이리저리 흩어진 글자가
10년 지난 지금도 내 책갈피 속에 납작 엎드려
긴 시간들 품어 안고 마른버짐 피우고 있다.

어머니의 왈츠

구순 다 된 어머니가 또다시 넘어졌다
병실 침대에서 허리 다리 동여매고
찬란한 날들을 보내고 있다
답답한 그 사각의 공간에는
너나 할 것 없이 얼마 남지 않은 저 너머의
시간을 향하고 있는 저승꽃 핀 얼굴들 뿐이다
할 일도, 하고 싶은 일도 없는 시간들
그 남아도는 공허의 순간들을 부여잡고
멍한 시선으로 티비만 바라보고 있다
누군가 리모콘 눌러대자
때아니게 4분의 3박자의 경쾌한 왈츠곡이 나오고
남녀 한 쌍이 원을 그리면서 춤을 춘다

인생의 절정이 지난 지 까마득하고 몸은 저승 문턱인데
왈츠를 어찌 귀담아 듣고 보는 것인지
마음들은 싱그런 왈츠 속에서 서성이고 있다
얼마를 더 살아야 연보랏빛 희망이 사라지는 걸까
경쾌한 리듬 들으며 마음을 다독이던 내 어머니는
화면에서 시선을 돌리지도 않고
주름 한가득한 손등으로 두 눈을 부비며
내게 어서 가라고 손사래를 친다

눈물 가득한 흐린 눈동자들 뒤로
5월은 아직 왈츠에 맞춰 찬란하게 흐르고 있다.

어둠이 취하는 시간

10포인트 활자를 다시 밀어놓고 거리로 나선다
잘 갈린 먹물을 누군가 확 엎질러 버렸는지 지상은
온통 농묵으로 흥건하다
그 농묵에 흠뻑 젖은 가로수들이 중봉으로 허공에
글자를 써 내려간다

어둠의 이 시간이면
하루 내내 참았던 들끓는 감정이 파고를 일으키며
아우성을 친다
자유를 찾은 몸부림이다
한낮 동안 또 다른 여백을 찾아 글씨 쓸 준비를 하
던 바람도 바삐 움직인다
농묵에 적셔진 붓을 들고 잘 기억나지 않는 문장을
되뇌며 천천히 손끝을 움직이면 늘 기억은 새로워 생각
지도 않은 어구들이 저절로 붓끝을 타고 튀어나온다

우주를 떠도는 한 작은 점일 뿐인 인생인데
생전 읽히지도 않을 생애를 나는 나날이 쓰고 있나보다
하늘과 지상이 하나가 되어 무한한 경계를 허물어 가고
나는 농묵을 헤치고 평안 속으로 마음을 다독여 앉힌다.

길고양이, 밤마다 허공을 향하다

    지하주차장 검은 길고양이 한 마리 구석 자리에
웅크리고 마냥 두리번거린다 퀭한 눈에서 푸른 인광이
이따금 번뜩인다
    그는 몰라보게 홀쭉해진 뱃가죽 바닥에 대고 무엇
을 찾는 것일까 누구를 기다리는 것일까 계단 쪽을
주시하는 기다림이 하염없다
    얼마 전 훌쩍 이사 떠난 2층 밥엄마를 기다리는 걸
까 발자국 소리마다 귀를 세운다
    밥 챙겨주다 훌쩍 가버린 밥엄마, 정 떼고 돌아선
그 심정을 고양이는 알기나 하겠는가

    밤마다 주차장 벽을 타고 들려오는 고양이 한탄소
리 밤하늘 가르며 허공으로 흩어지는데
    그 울음 속엔 먼 시원始原의 아픔이 녹아있다

    밤은 어둠을 쉬 풀지 않고, 길고양이는 서러움을 쉬
감추지 않는다.

자아 인식에서 탐색하는 시적 변증법

김 송 배

▌ 해설

자아 인식에서 탐색하는 시적 변증법

– 강경애 시집 『내가 나를 부를 때마다』

김 송 배

(시인. 한국현대시론연구회 회장)

1. 화자 '나'를 통한 존재의 간극(間隙)

　현대시의 흐름은 그 시인의 정서 변화에서 시법의
전개의도를 가늠하게 하는데 대체로 그 시인이 살아
온 궤적軌跡에서 생성하는 이미지를 중심으로 인생적
인 자성이나 삶의 지표를 인식하면서 지적인 인생론
을 탐구하려는 의식의 흐름에서 새로운 시적 진실을
창조하는 정신적 고뇌를 확인하게 한다.

　여기 상재하는 강경애의 시집 『내가 나를 부를 때
마다』에서 간과看過할 수 없는 부분이 이와같은 자신
의 의식 속에서 분화分化하고 다시 합일合一하는 생의
과정에서 '나'라는 시적 화자를 통해서 존재를 확인하
는 숭엄崇嚴한 진실을 이해할 수 있게 한다. 그는 우선
다음과 같이 '나'를 찾는 일에서 출발하는 시적 상황

의 전개를 목도하게 된다.

  – 무릉원의 천대서해에 나를 두고 떠나온 뒤로 꿈마
    다 골짜기 헤매고 다닌다. (「천자산 골짜기에 나를
    두고 오다」 중에서)
  – 나는 하이에나와 양의 갈림길에서 길 찾으려 헤매
    고 있다. (「소리의 파장」 중에서)
  – 내가 나를 버린 듯 허전하다. (「섬」 중에서)

  이처럼 강경애 시인은 자신('나')을 찾는 일에 골몰
하고 있다. 이는 그가 생을 영위해오면서 당면한 현실
적인 고뇌에서 생성된 사유의 혼란에 대해서 지성적
인 화해의 해법을 탐구하는 지향점으로 시적인 주제
의 진실을 구명究明하려는 시법의 일환으로 이해하게
된다.
  일찍이 지그문트 프로이트의 심리학에서는 '나'에
대한 다양한 해석을 제시하고 있다. 첫째가 이드(id)-
인간 정신의 밑바닥에 있는 원시적, 동물적인 본능적
요소를 말하고 있어서 우리가 흔히 제시하는 오욕五慾
의 실현을 인생목표로 설정하는 무리에 해당하는 심
리적 반응이다.
  그러나 자아(the ego)는 현실적인 상황과 이상(혹은
꿈)을 조율하는 심리상태로써 이드 보다는 약간 인간
적으로 전환된 모습을 알 수 있다. 그리고 마지막으로
초자아超自我가 있다. 이는 이드와 자아를 넘어선 완전

한 인간적인 윤리와 삶의 지향점을 제시하면서 도덕적인 감시자의 역할을 수행하는 세 부류의 인간상을 이해하게 된다.

이렇게 본능과 현실과 이상 사이에는 다양한 심리적인 변전(變轉)이 발생하게 되는데, 이는 불안과 우울로 노이로제나 히스테리 같은 병적 요소로 나타나서 요즘 사회적인 큰 문제를 야기시키고 있는 현실을 많이 접하게 된다.

강경애 시인은 이미 실종되었거나 아직 인지하지 못한 '나'에 대한 의구심이 자아에서 탐색하는 시법으로 많은 작품에서 투영하고 있다. 파스칼이 그의 「팡세」에서 '누가 나를 이 세상에 두었는지, 이 세상이 무엇인지 모른다. 나는 어떤 일에 대해서 무서울이 만큼 무지하다'는 말로 자신을 인식하지 못하는 것과 같이 강경애 시인도 현실과 이상 사이에서의 삶은 고뇌와 갈등이 상존하고 있다.

아직도 나는 나를 모른다
너무 모르는 그 어리석음에 놀랄 때가 많다

이름 석 자는
누군가에게 그리움이 되어 애타게 불리는 것보다
허물이 있을 때 내게 불리는 일이 빈번하다
아는 일에서도 번번이 실수를 하고
여러 번 가 본 길도 헤매다가 끝내 시간을 놓치고

할 말도 제 순서를 잃고 오리무중이기가 십상이니
엉킨 실타래 다시 감아 놓듯
나는 스스로 이름을 부르며 정신에 죽비를 친다

무슨 이름이어서
이름 임자에게 이다지도 구박덩이가 되는 것인지
하루에도 수 없이 불려지며
벌 서고 후회하다가 애써 위로한다

내가 나를 부를 때마다
언제쯤 내게 와 꽃이 되려는가.
　　　　　　　　　　－「내가 나를 부를 때마다」 전문

　여기에서 그의 의식에서 감지感知할 수 있는 것은
'아직도 나는 나를 모른다'에 집중된다. 이러한 어조
는 그가 자신에 대한 정신적인 향방이 묘연杳然한 정
황에서 전개하는 시적 현장은 다시 그가 '나는 스스로
이름을 부르며 정신에 죽비를 친다'는 자애(自愛-self
love)의 심적 간구懇求가 내포되어 있다.
　이러한 상황은 보편적인 관념을 넘어서 정신 내면
에서 무엇인가 명징한 의식으로 생의 구현점을 구축
하여 숭고한 가치관의 정립을 위한 시적 사유의 흐름
을 이해하게 된다. 그것이 마지막 결론으로 적시한
'내가 나를 부를 때마다 / 언제쯤 내게 와 꽃이 되려는
가.'에서 '나'를 탐색하는 존재의 감도感度를 예측하게

한다.

그는 '전생이 새였을, 아니 후생이 새가 되려는가 /
– 중략 – 나도 꿈속 언어의 해석가인가 / 경계가 모호
한 행과 행을 바꾸며 / 새의 나라를 향해 오늘도 내
길을 뚜벅뚜벅 걷고 있다.(「새들도 할 말은 한다」 중
에서)', '유체 이탈 놀음을, 혼의 드나듦을 선연히 눈
앞에서 보는 나는 살았는가, 빈사 상태인가(「경계를
넘다」 중에서)'라는 의문형 종결 어조에서 그가 시사
하는 메시지는 자신을 향한 집념이 최고조에 달하고
있다.

　　누군가 나를 쳐다보고 있나 무심코 창 밖을 내다보니
　　검은 연기처럼 짙은 음영 속에 낯 익은 누군가 거기
　　있었다

　　나를 닮은 듯 닮지 않은, 닮지 않은 듯 닮은 그녀는
　　집안의 나를 창 밖에서 주시하고 있었다

　　언젠가부터 내 뒤에서 들려오던 발자국 소리는 그녀
　　것이던가
　　뒤돌아보아도 보이지 않던 내가 거기 있었다

　　그러나 마주 손 잡으려 내가 몸 일으키니
　　순간 이동하는 타임머신처럼 모습을 감춰버렸다
　　내 앞에 실체 없는 실루엣만 아른거릴 뿐

꿈이련가 환상이련가

나를 만나러 천년 전의 내가 어둔 밤에 그렇게 왔다 갔다.

　　　　　　　　　　　　　　　－「도플갱어」 전문

　강경애 시인은 '꿈이련가 환상이련가/ 나를 만나러 천년 전의 내가 어둔 밤에 그렇게 왔다 갔다.'는 '도플갱어'와 서로 교감하게 된다. '나를 닮은 듯 닮지 않은, 닮지 않은 듯 닮은 그녀는/ 집안의 나를 창 밖에서 주시하고 있었다'는 어조는 '꿈'과 '환상'이 가미된 '나'에게 또 다른 '그녀'(나)와 만나서 자신에 대한 자의식自意識과 자존自尊에 대한 성찰적인 형상화를 현현하고 있다.

　이와 같은 그의 정서와 상상력은 프랑스의 실존주의 여류작가 보부와르가 말한 '내가 나로 인해서 나 자신의 존재를 인정하는 것이 바로 나'라는 언지에서 알 수 있듯이 나 자신의 심저心底에서 이글거리는 존재의 의미를 확인하는 일들이 바로 시적인 진실을 탐구하는 시인의 책무이기도 하다.

　그는 이러한 고뇌의 상황들을 극복하고 오로지 자신을 위한 잠언처럼 작품 「가면」에서 '세상의 아수라장 속에서/ 난 나를 버리지 못하고/ 억지 가면 쓰고 어설픈 생을 위한/ 진혼곡을 연주하고 싶다.'는 작은 여망을 형상화하고 있어서 우리들의 공감을 유로하고 있다.

2. '삶의 마침표' 혹은 영혼과의 교감

강경애 시인이 '나'의 존재 인식에시 가장 심도深度 있게 친착하는 문제는 인생에 있어서 생사에 대한 인식이다. 그는 '산다는 것은 / 허공에 줄을 매달고 한 발 한 발 내딛는 위험한 곡예 / 흥이 없이도 돌아가는 내 삶은 늘 처음 그 곳이다 / 그는 놀이로 허공을 건너고 나는 가슴으로 외줄을 탄다(「외줄 타는 남자」 중에서)'는 시적 상황이나 어조는 먼저 삶(생)에 대한 긍정과 수용의 의식을 적시하고 있다.

옛말에 생사에 관한 문제는 자기 이전에 살았던 지혜 높은 사람들에게 그 해답을 묻는다 할지라도 모든 해답의 선택과 인지認知는 그 사람 자신에게 달려있다는 것이다. 소설가 이광수도 '생명과 죽음은 함께 매어놓은 빛 다른 노끈과 같다'는 말로 생사에 대한 담론을 펼치고 있다.

한겨울 내내 숨죽이고 숨어 있다가
빳빳이 고개 들고 밀어 올리는
연두색 작은 풀잎처럼
참 생명이란
저 너머 세계로 건너뛰기도 하는 생사여탈권을 쥐고 있어
공포이자 위안이기도 하다

어디 그 뿐이랴

만물은 어느 것이나 음양을 품고 있어
좋고 나쁘고 되고 안 되고
기쁨과 슬픔마저 내보이며 절절하게 사람의 가슴을 흔든다
— 중략 —
절체절명의 마침내는
완성의 결정판으로 향하는 기다림이며 삶의 마침표이다.
— 「마침내」 중에서

그는 '마침내' 생사의 해법을 찾아서 사유의 향방을
정리한다. 그가 '참 생명'에서 응시하는 것은 '생사여
탈권'이라는 약간 무거운 지표를 향해서 사유를 정리
하고 있다. 우리들 인간 뿐만 아니라 '만물은 어느 것
이나 음양을 품고 있어 / 좋고 나쁘고 되고 안 되고 /
기쁨과 슬픔마저 내보이며 절절하게 사람의 가슴을
흔든다'는 상황에서는 이제 '절체절명의 마침내는 / 완
성의 결정판으로 향하는 기다림이며 삶의 마침표'라는
에필로그를 적시하고 있다.
  일찍이 미국의 사상가 에머슨은 '삶은 실험이다. 많
은 실험을 할수록 좋다'고 그의 수필집에서 말했다.
어쩌면 산다는 것이 죽음을 향해 빠른 속도로 달려가
지만 그 주행에서 체험하는 당면문제들이 좋음, 나쁨,
됨, 안 됨, 그리고 기쁨과 슬픔 등의 정감이 다양하게
동반하는 것이다.
  이처럼 생사에 대한 고뇌는 작품 「날다, 종이학」에
서 '살아도 죽은 듯 사는 것보다 / 죽어야 다시 살아난

다는 쿠마에 무녀처럼 / 죽었다가 재생하는 학들은 / 잊었던 그 아이가 내게 보내주는 기쁨의 날갯짓이다.', 작품 「망각의 천시」에서 '만약 시간을 거슬러 다시 생을 선택할 수 있다 해도 / 어떤 삶이든 후회를 동반하는 것 / 어느 생이든 흐르고 흘러 우주의 끝에 다다르면 / 모두 하나의 작은 점이 아닐까.' 그리고 작품 「생을 지피다」에서도 '몇 해를 더 살아야 잊히고 지워져 // 온전한 생을 살아낼까 // 이승은 서럽기만 하다.'라는 등의 어조는 생사에 대한 숙연한 이미지의 발현이어서 우리들 정감의 흡인을 유로하고 있다.

만취했는가
꿈과 현실 사이를 오가며 시소를 타는 깊은 밤
어디선가 수런대는 소리
들리는 듯 마는 듯하며 적막을 흔든다
불현듯 혼돈에 뒤채던 늪지에서 빠져 나와
귀 기울여 들어봐도 알 수 없는 언어들
비밀 탐지 하듯 거실로 나가니
소리는 멈추었으나 언뜻 느껴지는 사물들의 미세한 움직임
확증은 없으나 정황은 감지된다

어느 외진 공동묘지에서처럼
먼 길 떠난 영혼들이 어둠 속으로 나와
밤을 타 노는 소리였던가

사물은 사물끼리, 동식물은 동식물끼리
끼리끼리
서로 통한다는 비언어의 교감이었는가

어둠은 소리를 잠재우고, 의문만 날개를 달고 빈
허공을 난다.

— 「만물에는 비밀이 있다」 전문

강경애 시인은 삶에서 취득한 다변적인 체험에서
생사의 문제에 심각한 의식의 요동을 감지했다면 여
기에서는 영혼에 대한 문제와의 접맥을 시도하는 혼
돈과 마주하게 된다. 그는 '꿈과 현실 사이를 오가며
시소를 타는 깊은 밤'의 상황 설정에서 이미 예감할
수 있는 시혼詩魂이지만 모든 '만물에는 비밀이 있다'
는 전제가 더욱 어둠과의 의문을 가중시키고 있다.

그는 다시 '어느 외진 공동묘지에서처럼 / 먼 길 떠
난 영혼들이 어둠 속으로 나와 / 밤을 타 노는 소리였
던가'라는 영혼의 음성을 듣게 된다. 이 어둠의 이미
지는 모든 것을 감추는 비밀의 현장이다. 빛과 어둠,
이원적인 현상은 원초적인 암흑과 빛이 서로 분열한
다음 신비로운 기원의 한 형태로 나타난다.

이러한 어둠은 악과 저급한 삶의 원리를 암시함으
로써 승화하지 않은 힘이라는 상징적인 의미를 갖게
한다. '영혼'과 '어둠'은 '서로 통한다는 비언어의 교
감이었는'지도 모르겠다. 그는 작품 「젖어들다」에서

'느닷없이 끌려가 저 먼 천공 / 그 어느 골짜기에 갇혀 있다가 / 습기 가득 품고 달려와 / 후회 뿐인 영혼을 젖어 들게 하는가' 또는 '밤새 뜬눈으로 날을 새던 바람이 / 그대 부여잡고 모습을 감추니 / 내 영혼만 마냥 젖은 채로 / 창가에 남아 하염없다.'라거나 작품 「은유를 그리다」에서도 '그가 캔버스에 담은 색채의 엇박자는 / 자유로움과 조화를 이루어 헝크러진 인간의 영혼에 평안을 줍니다.'라는 영혼과의 교감은 그가 인지한 '어둠은 소리를 잠재우고, 의문만 날개를 달고 빈 허공을' 지금도 날고 있는 갈망의 인생에 다름 아닐 것이다.

3. 시야의 확대와 '길 잃은 영혼들'

강경애 시인이 추구하는 또 다른 주제는 인생론을 포괄하는 광범위한 진실에의 탐구를 위한 시야의 확대이다. 거기에는 인간 칠정七情이 혼합된 정서가 복합적으로 내재되었음을 읽을 수 있게 한다.

그는 우선 작품 「사막을 건너다」 중에서 '모진 모래 바람 속에서도 수천 년을 버티어 온 상처투성이 스핑크스가 새삼 인간에게 퀴즈를 내고 있는 이 여름엔, 길 잃은 영혼들이 즐비하다.'는 생경한 시적 상황은 그가 이러한 현장에서 갈구하는 시심들이 인간 본연의 진실을 현현하는 하나의 방편으로 적응하고 있는 것이다.

깊은 산 계곡마다 제 몸 태우며 열반에 드는
붉은 단풍들
그 절정의 극치를 바라보니
술에 물탄 듯, 물에 술탄 듯 살아온
내가
제대로 살아온 것 같지 않아
심장이 와르르 무너져 내린다

자신을 온전히 불살라
제 몸을 내어줄 그 누가 나에게도 있었던가
나를 온전히 불살라 지옥에라도 뛰어들
그 누가 나에게 있었던가

이 가을 단풍보다 못한
서럽고 어정쩡한 지난 생을 반추한다.
　　　　　　　－「저리도 제 몸을 태우는데」전문

　그렇다. 그는 '붉은 단풍들 / 그 절정의 극치를 바라
보'면서도 '술에 물탄 듯, 물에 술탄 듯 살아온 / 내가
/ 제대로 살아온 것 같지 않아 / 심장이 와르르 무너져
내린다'는 생에 대한 위기의식이 팽배하다. 이는 '이
가을 단풍보다 못한 / 서럽고 어정쩡한 지난 생을 반
추'하면서 내밀한 사유의 정감을 자성自省의 언어로 현

현하고 있다.

그는 '제 몸을 태우며 열반에 드는／붉은 단풍'에서 창출하는 이미지가 바로 자신을 향한 인생적인 의문으로 형상화한다. '자신을 온전히 불살라／제 몸을 내어줄 그 누가 나에게도 있었던가／나를 온전히 불살라 지옥에라도 뛰어들／그 누가 나에게 있었던가'라는 어조로 자책을 하면서 '나'에 대한 회의懷疑를 표면화하고 있다.

그와 같은 그의 시정詩情에는 인생적인 회의가 다양하게 발현되고 있는데 작품「우리는 어디서 와서 어디로 가는가」중에서 '태어나서 자라고 사랑해서 결혼하고 병들어 죽고 다시 태어나는／윤회의 수레바퀴 속에서／희망과 절망, 슬픔과 기쁨을 드러낸 그들은／과거와 현재, 미래를 품고 있다'는 어느 조각공원에 엉켜있는 인간 군상들에게서 느끼는 '욕망과 투쟁의 극치'의 그 처연함에서 다시 새겨보는 인생의 영위행태는 희노애락喜怒哀樂의 다변적인 양상이 '세월'과 더불어 상기想起되고 있음을 이해하게 된다.

강경애 시인은 이러한 존재론적인 인식에서 진지하게 탐구할 수도 있을 것이다. 일찍이 철학자 하이데거는 실존하는 현존재에는 항상 '나'라는 것이 속해 있고 이 존재에 응답해서 담론하는 것이 바로 철학이라고 했다. 그렇다면 그가 탐닉耽溺하는 자신에의 성찰이 철학적 개념의 가치관에 접근할 수 있는가라는 문제가 생성하게 된다.

그는 이러한 문제들을 그의 의식에서 다음과 같은 과정을 적시하면서 명확하게 정리하고 있다.

- 그저 이 가볍고 어둔 세상을 / 표정 없는 표정으로 지켜보고 있다. (「무겁지만 너무 가벼움」 중에서)
- 햇빛이 비치는 방향에 따라서 / 웃는 모습이 다른 건 / 어지러운 세상 미리 내다보고 / 때맞춰 웃는 얼굴로 살라는 / 무언의 가르침인가. (「웃는 부처」 중에서)
- 오늘도 / 긴 하루 접으며 다음 생을 기약한다. (「테이블에 대해」 중에서)
- 외진 곳으로 내몰았던 나날들을 / 이제 침묵 속으로 묶어 버리고 / 고삐가 풀린 말을 타고 / 새가 비상하듯 높고 날쌔게 달려야겠다. (「말 달리자」 중에서)

이 밖에도 그는 많은 여행(아르바트 거리, 아시안 티크 야시장, 홍콩 등)을 통해서 접맥한 생활 양상이나 명작 영화 관람('패터슨', '내 사랑' 등등)에서 감응하는 시적 정감이 그에게는 생사 또는 성찰의 다변적인 심리적 현상으로 부각하고 있어서 관심을 집중시키고 있다.

4. 자연 서정과 관조미의 시적 지향

우리 시인들은 대체로 자연과 전원의 서정에서 안온한 정감을 창출하면서 관조 미학의 실현을 시적인 주제로 승화하는 경향에 익숙해져 있다. 서정적 취향은 유유자적悠悠自適의 의미가 주조主調를 이루지만 현대의 서정시들은 독특한 음향으로 색다른 메시지를 우리들에게 흡인시키고 있어서 주목하게 된다.

강경애 시인도 이러한 서정적 정감에서 '내 생각을 뒤덮는 눈은 무겁다 / 사물은 크고 작음에 의미가 달라지지 않듯이 / 완전함과 불완전함도 결국 다를 것이 없다 / 충만과 공허 역시 다름 없기에 / 말과 글의 틈새에서 진리를 찾는다(「눈오는 아침에」 중에서)'는 사유의 흐름은 '눈오는 아침'에서 감응하는 이미지가 다채롭게 적시되고 있다.

이와 같이 자연 서정에는 항상 시간성이 동행하게 된다. 사계절의 변화와 주야晝夜, 조석朝夕 등등의 시간에 따라 생성하는 이미지는 다양하며 무궁무진하다. 플라톤의 말대로 시간은 미래 영겁의 환영幻影인지도 모른다. 롱펠로도 시간은 영혼의 생명이라고 까지 중시하고 있다.

저 먼 산에서 울어대는가
환청으로 들려오는 소쩍새 우는 소리

간밤에도 들리던 그 목소리는
내가 잠에서 깬 새벽에도
점점 더 가까이, 더 멀리 들려온다

그는 왜 저토록 밤낮을 울며 다니는가

고개 돌려 그를 찾으려 하나
절규하듯 그리움만 풀어 놓고 가버린다

이 여름은 유난히 큰 소쩍새 울음을 삼키며
마린 블루의 물감이 확 쏟아진 듯
저 멀리 푸르게 퍼져 나간다.

-「소쩍다 소쩍다」 전문

강경애 시인은 '밤낮'을 가리지 않고 '소쩍새 울음'을 듣고 있다. 그가 이러한 청각적인 이미지(혹은 환청)에 심취하는 것은 그 '소쩍새 우는 소리'에서는 '절규하듯 그리움만 풀어 놓고 가버'리는 아쉬움이 내재되어 있다.

그의 시점(視點-point of view)은 그가 적시하는 상황에 대해서 정신적인 시각이 바로 시간성(간밤, 새벽, 밤낮, 여름 등)을 배제하지 않는다는 점에서 주목하게 되는데 이는 그가 구가하는 서정에는 자연과 시간(혹은 세월)이 동류의 지향점으로 공감을 확대하고 있음에 기인한다.

서정시는 시인의 정서를 물길어 올리듯 펼쳐 드러
내는 정감이 넘친다. 서정시는 주관적 정서나 내적 세
계를 발현하면서 객관적 세계를 모두 자아 속에 흡수
하여 내면화하거나 융합을 추구한다. 그래서 주관과
객관의 일치, 자아로의 회귀 등으로 정의하고 있는 것
이다.

늙은 둥치에 수두 물집처럼 솟아난 매화는
길목 담장 안에서 눈인사 보내고
푸른 관복 차림의 청정한 대나무들 일렬종횡대로 늘어서서
양상보 대신 우리를 맞이한다.

속세를 버리고
달빛 은은히 스며드는 제월당에서 그날의 비분을 읊조리며
정암을 기리던 그는
버선발로 댓돌 디디며 뛰어나왔다
웃음이 그득하다

선비의 기개가 넘치던 광풍각엔
겨울 속에서 자란 봄이 머뭇대며
마른 뜨락에 내려앉는다.

　　　　　　　　　　　　　　－「소쇄원의 봄」 전문

여기에서는 한 공간 개념에서 시간을 대입하는 서
정성을 읽게 한다. '소쇄원'이라는 공간은 자연 소재

의 중심에 '봄'이라는 시간을 동행함으로써 이미지는 다채롭게 발양되고 있다. 이 '소쇄원'에서는 '달빛 은은히 스며드는 제월당'과 '풍류가 넘치던 광풍각'(이상 공간)에서 전개하는 시적 정황은 다시 '길목 담장'이나 '댓돌', '마른 뜨락' 등의 공간을 가미加味하여 시적 효과를 배가하는 시법으로 시점을 맞추고 있다.

그는 이 공간에서 '매화'와 '대나무'를 설정하고 '정암(조광조)'와 '양산보(조광조의 은사)'라는 역사적인 인물과 동시에 작품을 완성하여 '소쇄원'이란 이미지를 확대하여 공감을 유로하고 있다.

이처럼 착목着目한 공간 개념에 시점을 맞추는 작품에는 「부석사에서」「안개바다」 등에서 서정적인 시각을 읽을 수 있으며 시간 개념으로는 「눈 오는 아침에」「비 그친 뒤」「폭염」「초승달」「입춘대길」「매미」 등에서는 안정된 그의 정서와 사유의 향방을 가늠할 수 있게 한다.

강경애 시인의 서정시에서 묵과黙過할 수 없는 소재와 테마가 있다. 그것은 지천으로 널려있는 만유萬有의 자연의 현상이다. 시간성에 따라서 변화하는 다양한 이미지들을 작품으로 형상화하는 시법이다.

그는 작품 「능소화 연가」에서 '처음으로 마음속 불을 지피던 사랑에 / 눈멀었던 그녀는 / 긴긴밤 등허리 눕히고 연분 맺고 / 느닷없이 뒤돌아선 그를 / 단 한 번이라도 더 눈에 담으려고 / 긴 덩굴손을 뻗쳐 담장에 올라 / 주홍빛 얼굴을 쳐들었다 // 뜬 눈으로 지새는 밤들이 / 긴 한을 내뿜고 / 지친 훈기를 걷어 들이자 / 그녀는 서럽게 날개 꺾고 / 피 토하다 끝내 고개 접었다.'는 어조는 '능소화'라는 꽃말이나 꽃전설이 내재된 이미지가 순박하게 현현되고 있다.

　이러한 작품들은 '길가 그 집 담장 안에 / 흐드러지게 핀 목련 / 떨고 있는 너의 실루엣 뒤로 / 아프게 흩날린다(「목련, 목련이던」 중에서)', '그 틈에 움츠렸던 나뭇가지들 // 잔설을 털고 // 연두색 봄 옷 갈아입을 채비 중인데 // 나는 마음만 푸르게 한달음이다. (「연둣빛, 푸르다」 중에서)', '지난 봄, 상심할 정도로 가지를 비워내며 마구 휘날리던 벚꽃처럼(「창밖을 내다보다 우연히 만난」 중에서)' 등에서 친자연적인 감성과 교감할 수 있을 것이다.

　이제 강경애의 시집 읽기를 마무리해야겠다. 그는 '나'를 통한 존재를 확인하고 생사 문제에서 영혼과의 교감한다. 여기에는 성찰이라는 대전제가 요구되지만 다양한 현실인 이를 고뇌의 늪으로 유도한다. 그러나 그는 서정적인 순수를 망각하지 않는다. 거기에는 언제나 기다림이라는 처절한 신념이 궁극적으로 심중에서 굳건한 시적인 지주支柱를 구축하고 있다.

　그는 이미 「시인의 말」에서 '매양 올 때마다 마음을 뒤집어 놓지만 / 잊을 수도, 버릴 수도, 떠날 수도 없는 그를 / 보내고 또 기다린다, 어제도 오늘도 또 내일도 / 기다리는 그는 / 희망이고 절망이고 생명인 한 편의 시다.'라는 그의 진정한 내면의식을 명징하게 들

려주는 순정의 메시지가 바로 '기다림＝시詩'라는 점
에 유념하게 된다. 시집 출간을 축하한다. ✳

강경애 시집

내가 나를 부를 때마다

1판 1쇄 인쇄 / 2019년 6월 14일
1판 1쇄 발행 / 2019년 6월 20일

지은이 / 강경애
펴낸곳 / 도서출판 시원
등   록 / 2000.10.20. 제312-2000-000047호
03701. 서울시 서대문구 연희로 11사길 16-4
전   화 : 010-3797-8188
E-mail : siwonbook@hanmail.net
Printed in Korea ⓒ 2006. 시원
찍은곳 / 신광종합출판인쇄
배부처 / 책만드는집 (Tel 02-3142-1585)
04022. 서울시 마포구 양화로3길 99. (지하)

ISBN 978-89-93830-38-5 03810

값 / 10,000원

이 도서의 국립중앙도서관 출판예정도서목록(CIP)은 서지정보유통지원시스템
홈페이지(http://seoji.nl.go.kr)와 국가자료공동목록시스템(http://www.nl.go.kr/kolisnet)에서
이용하실 수 있습니다. (CIP제어번호: CIP2019023072)